Maja von Vogel

Bildermaus

Geschichten von der Elfenprinzessin

Illustrationen von Betina Gotzen-Beek

Loewe

FSC
Mix
Produktgruppe aus vorbildlich
bewirtschafteten Wäldern und
anderen kontrollierten Herkünften

Zert.-Nr. SGS-COC-2939
www.fsc.org

ISBN 978-3-7855-6154-6
1. Auflage 2008

Umschlagillustration: Betina Gotzen-Beek
Reihenlogo: Angelika Stubner
Printed in Italy (011)

www.loewe-verlag.de

Inhalt

Eine Krone für Mina

Mina, die kleine , wohnt in einem großen . Morgens scheint die  auf ihr  und kitzelt sie an der . „Hatschi!“, niest Mina und schlägt die  auf. Da schwirrt die dicke  Suse zum herein.

„Aufstehen, du !“, ruft sie.

„Lass uns in den  fliegen!“

„Ich komme gleich!“ Mina springt aus dem . Schnell wäscht sie sich  und . Dann schlüpft sie in ihr  aus .

„Jetzt fehlt nur noch meine .

Wo ist sie denn?“ Mina sucht unter

dem , hinter dem  und

zwischen den . Aber

die  bleibt verschwunden.

„So ein  !“, schimpft Mina. „Ich hab meine  verloren.“ Traurig lässt sie den  hängen.

Suse überlegt. „Wir basteln dir einfach eine neue  !“

„Au ja!“ Mina fliegt sofort in

den  und pflückt ein paar .

Suse nimmt ein großes  und

schneidet eine  mit 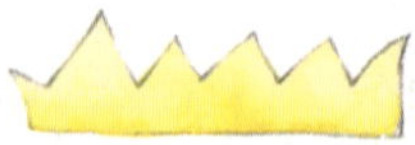 aus.

Mina klebt die bunten  darauf.

Dann setzt sie sich die  auf

den . „Passt!“, ruft sie. „Jetzt

fliegen wir endlich in den !“

Im  zeigt Mina stolz

allen  ihre neue .

Plötzlich sieht sie in einem 

etwas glitzern. „Meine !“, ruft

Mina. Die kleinen  haben sich

hineingekuschelt und schlafen.

„Die  hab ich gestern im 

gefunden“, erzählt Mama .

„Ich schenke sie dir“, sagt die .

„Meine neue  finde ich

sowieso viel schöner.“ Dann winkt

sie Mama  noch einmal zu

und fliegt davon.

Zaubern ist gar nicht so leicht

„Darf ich mit Suse spielen?“,
fragt  Mina. Die  schüttelt
den . „Erst übst du zaubern.
Das muss jede  können.“ Sie
drückt Mina ihren  in die 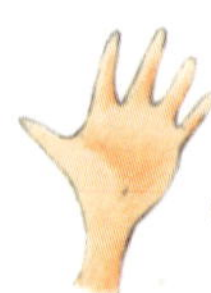.
Mina seufzt. Wenn sie zaubert,
geht immer etwas schief.

Sie fliegt in den  und

überlegt. „Ich zaubere mir eine “,

beschließt Mina. Sie berührt mit

dem  eine . Schon macht

es *plopp!* und die  verwandelt

sich in einen .

„Verflixt!“, schimpft Mina. „Was soll ich denn mit einem  ?“ Ärgerlich nimmt sie einen  in die 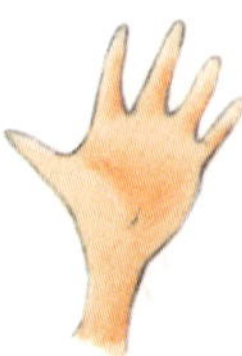 und schwenkt ihren  . Dabei denkt sie ganz fest an  .

Doch es klappt wieder nicht!

Aus dem  wird kein ,

sondern eine 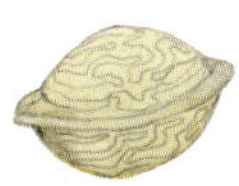. „Ich lerne

das nie!“ Wütend wirft Mina

ihren  ins .

Da flitzt Ella  von einem .

„So eine leckere  !“, ruft Ella.

Sie schnappt sich die 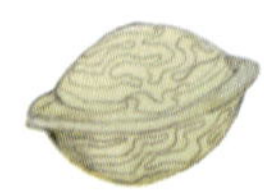 und

frisst sie auf. „Mmh, danke schön!“

Ella flitzt zurück in den .

Die  sieht ihr verblüfft nach.

Nun kommt Fritz  vorbei. Er hat sich den  verstaucht und hüpft auf einem . „Den  kann ich gut gebrauchen“, sagt er. „Schenkst du ihn mir?“

Die  nickt. „Na klar.“ Fritz  nimmt den  und humpelt davon. Mina hebt ihren  auf. „Sich zu verzaubern, ist manchmal gar nicht so schlecht!“, lacht sie und fliegt zurück ins .

Mina sticht in See

Die  und die  Suse

fliegen durch den . Plötzlich

entdecken sie etwas im .

„Was ist denn das?“ Mina landet

zwischen den . „Vielleicht

ein “, überlegt Suse. „Nein“,

sagt Mina. „ haben keinen .“

Da schaut die  aus ihrem .

„Das ist bestimmt ein !“,

piepst sie aufgeregt. Aber Mina

schüttelt entschieden den .

„Nein, ein  kann doch fliegen!“

Fritz  hüpft den  entlang.

„Ist das ein  ?“, fragt er.

Die kleine  denkt nach.

„Wenn das ein  ist, muss

es sich auch drehen.“

Sie stupst gegen den . Aber

das  dreht sich nicht. Es

rutscht weg und fällt in den .

Dabei spritzen  hoch, doch

das  geht nicht unter.

„Ich hab’s!“, ruft die kleine  .

„Das ist kein , sondern

ein  !“ Schnell saust sie

zum  und zieht das 

zurück ans  .

„Kommt, wir fahren den  hinab“, schlägt Mina vor.

„Au ja!“ Fritz  und die  springen ins . Suse fliegt hinterher. Das  schaukelt lustig auf den . Die kleine  setzt sich auf den  und ruft:

„Ahoi! los! Jetzt kommen die vier fürchterlichen !“

Ein ganz besonderes Elfenfest

Im  ist der  los. Mina hat alle  aus dem  eingeladen. Abends wollen sie im  feiern.

Mina und Suse schwirren aufgeregt hin und her. Sie holen  aus der  und hängen bunte  zwischen den  auf.

Dann schmücken sie den  mit . Plötzlich kommt  aus der . „Hilfe, !“, ruft Mina und saust ins .

„Der  ist verbrannt“, jammert die . „Ich hab ihn im  vergessen.“ Mina schimpft: „Heiliger ! Der  sieht aus wie schwarze .“

Als Mina zurück in den 

fliegt, fallen auch noch dicke 

vom . Die  sind schon

ganz aufgeweicht und die 

ebenfalls.

Mina schlägt die 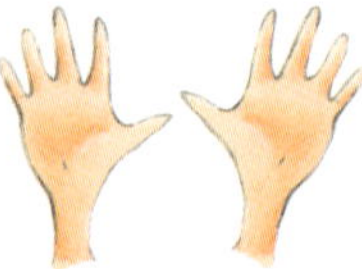 über

dem  zusammen. „O nein!

Was machen wir denn jetzt?“

Da erscheinen schon die

ersten .

„Wir helfen dir!“, ruft die . „Ich hab einen  mitgebracht.“

„Und ich eine  mit “, sagt Fritz . Suse spannt große  gegen den  auf.

Die  verteilen sich im 

und flackern zwischen den 

wie kleine . Die 

leuchten gelb, rot und blau.

Die kleine  lacht. „Jetzt ist

alles noch schöner als vorher!“,

ruft sie und steckt sich ein

klebriges  in den .

Dann tanzen alle, bis die 

aufgeht.

Die Wörter zu den Bildern:

Elfen-
prinzessin

Schloss

Sonne

Bett

Nase

Augen

Hummel

Fenster

Schlafmütze

Wald

Gesicht

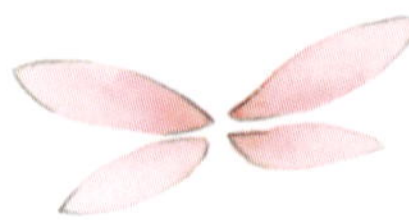
Flügel

Kleid

Blüten-
blätter

Krone

Schrank

Spielsachen

Mist

Kopf

Garten

Blumen

Blatt

Zacken

Tiere

Vogelnest

Vögel

Elfenkönigin

Elfe

Zauberstab

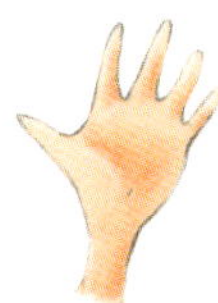
Hand

Zuckerstange

Sonnenblume

Spazierstock

Stein

Bonbons

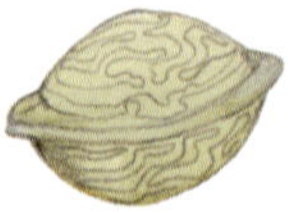

Nuss

Gras

Eich-
hörnchen

Baum

Frosch

Fuß

Bein

Stiel

Maus

Loch

UFO

Weg

Karussell

Fluss

Wasser-
tropfen

Boot

Ufer

Wellen

Leinen

Piraten

Teufel

Küche

Lampions

Rauch

Feuer

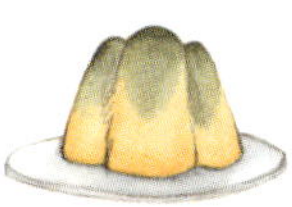
Kuchen

Köchin

Ofen

Kohle

Himmel

Tüte

Regen

Glüh-
würmchen

Mund

Maja von Vogel wurde 1973 geboren und wuchs im Emsland auf. Sie studierte Deutsch und Französisch, lebte ein Jahr in Paris und arbeitete mehrere Jahre als Lektorin in einem Kinderbuchverlag, bevor sie sich als Autorin und Übersetzerin selbstständig machte. Heute lebt Maja von Vogel in Göttingen.

Betina Gotzen-Beek, geboren 1965 in Mönchengladbach, schlug beim Malen im Kindergarten alle Rekorde; später zu Hause musste die Kinderzimmertapete dran glauben. Nach vielen Reisen durch Europa studierte sie Malerei und Grafikdesign. Seit 1996 illustriert sie Kinderbücher und lebt mit ihrer Familie in Freiburg.
Mehr über die Illustratorin erfahrt ihr unter www.gotzen-beek.de

In der Reihe Bildermaus erzählen vier kurze Geschichten von den Abenteuern einer liebenswerten Figur, von einem spannenden Schauplatz oder von wichtigen Festen des Jahres. Im Text werden alle Hauptwörter durch kleine Bilder ersetzt, die schon Kinder ab 5 Jahren beim gemeinsamen (Vor-)Lesen erkennen und benennen können. Mit der Bildermaus wird das Lesenlernen zu einem wirklich spannenden Vergnügen.

Bildermaus

Die 1. Stufe der Loewe Leseleiter

Loewe

Die 1. Stufe der Loewe Leseleiter

Loewe